CATALOGUE

DES

BEAUX BIJOUX

EN

PERLES, DIAMANTS, RUBIS, SAPHIRS

COLLIERS, BROCHES, BRACELETS, BAGUES

Boucles d'oreilles, grosses perles solitaires

SAUTOIR, MIROIR DE TROUSSE, ETC.

Bijoux anciens, Bonbonnières

IMPORTANTE ARGENTERIE DE TABLE & DE TOILETTE

Éventails, Ivoires, Miniatures
Fourrures, Dentelles

TABLEAUX, AQUARELLES, DESSINS

DES MAITRES MODERNES

Marbres de Carrier-Belleuse, Marquet de Vasselot

Bronzes d'art et d'ameublement, Emaux cloisonnés

PORCELAINES DE SAXE, SÈVRES, CHINE ET JAPON, FAIENCES

ÉLÉGANT MOBILIER

époques et styles

XVIe et XVIIIe SIÈCLES

Belles Tapisseries anciennes, Tapis, Tentures

DÉPENDANT

de la Succession de Mme DELPHINE DELIZY

dont la vente aura lieu

HOTEL DROUOT, SALLE N° 1

Le Mercredi 17, Jeudi 18 et Vendredi 19 Janvier 1903

A 2 HEURES 1/4

Me F. LAIR-DUBREUIL	**M. Arthur BLOCHE**
COMMISSAIRE-PRISEUR	EXPERT PRÈS LA COUR D'APPEL
6, Rue de Hanovre, 6	*51, rue Saint-Georges, 51*

Chez lesquels se distribue le présent catalogue

EXPOSITION PUBLIQUE

Le Mardi 16 Juin 1903, de 2 heures à 6 heures

ORDRE DES VACATIONS

Mercredi 17 Juin 1903

Tableaux, aquarelles, dessins.........Nos	124 à 170	
Objets de vitrine........................	68 à 123	

Jeudi 18 Juin 1903

Bijoux.............................Nos	1 à 20
Argenterie............................	21 à 67
Fourrures, dentelles....................	261 à 271

Vendredi 19 Juin 1903

Objets d'art........................Nos	171 à 206
Meubles..............................	207 à 243
Tapisseries, tapis, tentures.............	244 à 260

CONDITIONS DE LA VENTE

La vente sera faite au comptant.

Les adjudicataires payeront *dix pour cent* en sus des enchères.

L'exposition permettant au public de se rendre compte de l'état et de la nature des objets, il ne sera admis aucune réclamation une fois l'adjudication prononcée.

3766 — Paris, Imprimerie C. Chaufour, 8-10, rue Milton

DÉSIGNATION

BIJOUX

1 — Beau collier composé de vingt-et-une perles noires, grises et bronzées, reliées par des chatons carrés à quatre faces en rubis, saphirs et brillants. Il est accompagné d'une plaque forme trèfle avec deux pendentifs composés de neuf perles, trente-quatre brillants, onze rubis, dix saphirs.

2 — Belle broche barrette composée d'une perle bouton et trois perles pendeloques avec cercle en émeraude, calotte et sertissures en rose.

3 — Deux broches enrichies chacune d'une perle fausse entourée de deux rangs de brillants.

4 — Paire de boucles d'oreilles composée de deux grosses et belles perles blanches d'Orient.

5 — Bague fil d'or avec grosse perle blanche d'Orient.

6 — Broche barrette composée de trois rubis et de quatre brillants montés à griffes et sertis de roses, enrichie d'une pendeloque perle blanche montée sous calotte en roses et suspendue à deux anneaux en roses.

7 — Grande chaîne-sautoir en or enrichie de treize perles, douze chatons en brillants et soixante-six petits chatons en roses.

8 — Broche au chiffre D enlacés en brillants avec petites roses aux extrémités.

9 — Broche au chiffre D enlacés surmontée d'un lion tout en brillants et roses.

10 — Petite broche forme lion en brillants et roses.

11 — Broche barrette surmontée d'un lion en brillants et roses.

12 — Broche forme dragon en or mat avec les ailes, la tête et la queue enrichies de roses et rubis.

13 — Broche fer à cheval composée de neuf brillants et dix saphirs.

14 — Belle bague composée d'un saphir entouré de huit gros brillants.

15 — Bague fil d'or enrichie d'un gros brillant solitaire.

16 — Bague composée d'un saphir cabochon entre deux brillants.

17 — Bague composée d'un rubis entre deux brillants.

18 — Miroir de trousse en or mat avec chiffre D enlacé surmonté d'un lion tout en brillants et roses.

19 — Bracelet chaine gourmette en or martelé enrichi de roses.

20 — Trois boutons de chemise en or représentant des oiseaux chimériques.

ARGENTERIE

21 — Garniture de toilette en argent et cristal composée de deux cuvettes et pots à eau, deux bols à éponges, quatre flacons, une carafe, deux vaporisateurs, deux verres, deux boîtes à brosses, deux boîtes à savon, un miroir à chevalet flanqué de deux appliques à deux lumières, de douze boîtes de différentes grandeurs à poudre de riz, épingles, pommades, etc, d'un jeu de dix brosses, de sept pièces à divers usages et d'un miroir à main. Travail de la maison KELLER.

22 — Service de table en argent uni, bordure ciselée, à oves et perlés composé de trois plats longs, deux plats ronds, une soupière à anses plates, deux légumiers avec leurs plateaux et d'une saucière sur plateau adhérent.

23 — Verseuse en argent cotelé. Epoque Louis XV.

24 — Tasse de forme évasée et sa soucoupe en argent gravé.

25 — Verseuse en argent à côtes tournantes et ornements ciselés à rocailles, poignées en ivoire. Style Louis XV.

26 — Deux petits bouts de table à trois lumières en argent cotelé.

27 — Petit plateau rond en argent, bordure à filets.

28 — Coupe en cristal taillé, pied en argent.

29 — Carafon en verre décoré de Nancy, monture en argent ciselé.

30 — Quatre carafons en cristal taillé à côtes, garnitures et bouchons en argent.

31 — Bouilloire sur réchaud en argent anglais.

32 — Cafetière de forme ovoïde en argent uni. Ier Empire.

33 — Six gobelets en argent ciselé forme têtes d'animaux.

34 — Poudrière en argent ajouré et gravé. Style Louis XVI.

35 — Deux coupes ovales sur piédouches en argent repoussé à arabesques et volatiles, anses plates ajourées. Epoque Louis XIII.

36 — Sucrier en vermeil, pieds à corps de cygnes. Style Ier Empire.

37 — Service à bonbons composé de cinq pièces en vermeil.

38 — Bouillotte en argent uni anglais.

39 — Poëlon en argent uni, manche bois noir.

40 — Six petits verres à liqueurs forme tasse à anses en argent guilloché.

41 — Quatre petits verres à liqueurs en argent guilloché.

42 — Deux moutardiers en argent, décor à écussons entre deux tritons et guirlandes de fleurs. Epoque Louis XVI.

43 — Six salières en argent ornées de médaillons têtes d'homme au milieu de guirlandes. Epoque Louis XVI. Intérieurs en verre rouge.

44 — Flacon de voyage en argent uni avec chiffre gravé.

45 — Petite théière en argent repoussé, décor, armoiries au milieu de feuillages, XVIIIe siècle.

46 — Deux poudrières forme petites bouillottes en vermeil.

47 — Moulin à poivre en argent guilloché, surmonté de deux amours.

48 — Coquetier en argent ajouré.

49 — Gobelet et plateau en argent gravé.

50 — Deux raviers en cristal, monture en argent ciselé.

51 — Trois petites salières et deux cuillers en argent martelé.

52 — Salière double en argent guilloché.

53 — Réchaud en argent ciselé et ajouré.

54 — Sucrier et pot à crème en argent, modèle à côtes tournantes.

55 — Petit vase forme amphore en argent uni.

56 — Hanap en argent repoussé, décor St-Georges terrassant le dragon, couvercle orné d'une pièce de monnaie ancienne.

57 — Deux coupes lobées en argent repoussé, décor à personnages, bordure à fleurs, XVIIIe siècle.

58 — Beurrier en cristal taillé, monture en argent doré. Style Ier Empire.

59 — Deux coupes à bordures lobées et dentelées, ciselées à feuilles de choux. Style Louis XV.

60 — Ménagère en argent guilloché surmontée d'une statuette d'enfant tenant une couronne.

61 — Deux aiguières en cristal taillé monture en argent ciselé, de style Louis XVI.

62 — Grand plat à anses en argenture, décor gravé.

63 — Deux pichets en verre bosselé, monture en métal argenté.

64 — Lampe de fumeur en métal argenté à perles, de la maison CHRISTOPHLE.

65 — Deux porte-soda et un porte pain grillé en argenture.

66 — Plateau en argenture, bordure ciselée à clochettes.

67 — Service à punch en bois, cristal et argenture.

OBJETS DE VITRINE

68 — Eventail en ivoire décor en vernis Martin, représentant : *la Partie de raquettes*. Epoque Louis XV.

69 — Eventail en ivoire sculpté et feuille décorée représentant des personnages dans un paysage. Epoque Louis XVI.

70 — Eventail avec feuille en soie ornée d'une gravure représentant : *le Départ d'Ulysse*.

71 — Deux statuettes en ivoire : *Les Mendiants*.

72 — Groupe de trois enfants en ivoire sculpté du Japon. Signé.

73 — Groupe : *Personnage, enfant et chien*, en ivoire du Japon.

74 — Petit groupe et netzuké en ivoire.

75 — Plaque ronde en biscuit de Sèvres, fond bleu, décor : *Enfants artistes*.

76 — Montre en or, boitier orné d'un émail représentant : *Une nymphe surprise par un faune*. Epoque Louis XVI.

77 — Montre en or, bordure à perles. Ier Empire.

78 — Coupe forme feuille de vigne en argent.

79 — Miniature : *Portrait de femme Louis XVI tenant un livre, fond de paysage.*

80 — Miniature : *Jeune femme en corsage rouge et aigrette dans les cheveux*, cadre en argent.

81 — Miniature : *Jeune femme Louis XVI et son enfant*, cadre en cuivre surmonté d'une couronne.

82 — Pendule miniature en argent émaillé, formée par une statuette d'homme portant le cadran. Travail Viennois.

83 — Pendule miniature en argent ciselé et émaillé à rinceaux.

84 — Miniature : *Portrait de fillette en robe bleue, grand col de dentelle.* Fin Louis XVI.

85 — Miniature : *Jeune fille coiffée d'un grand chapeau à plume rose.*

86 — Petite aiguière et son bassin en argent émaillé de Vienne, décor à personnages.

87 — Quatre pièces en argent, jouets hollandais.

88 — Flacon à odeur en cristal, monture en or incrusté de roses, couvercle enrichi d'un saphir étoilé entouré de diamants.

89 — Flacon à sel en cristal, monture en argent et émail.

90 — Bonbonnière en écaille couvercle orné d'une miniature représentant : *la Tasse de café*. Epoque Louis XVI.

91 — Douze petits boutons Louis XVI en émail à petits personnages.

92 — Deux icônes russes : un en argent doré et l'autre en porcelaine décorée en grisaille.

93 — Lampe de fumeur en argent martelé.

94 — Petite statuette en bronze : *Hercule*.

95 — Porte-bouquets en argent à côtes tournantes.

96 — Flûte à champagne en argent gravé et niellé.

97 — Pichet en poterie incrustée et montée d'argent.

98 — Deux bonbonnières et étui en argent.

99 — Quatre cuillers en argent repoussé. XVIIIe siècle.

100 — Bonbonnière ronde en émail de Saxe, décor à personnages.

101 — Bonbonnière rectangulaire ancien émail de Saxe, couvercle offrant à l'intérieur un portrait de femme.

102 — Cassolette en vieux Japon monture en argent.

103 — Statuette en porcelaine de Saxe : *La Femme au manchon.*

104 — Ecuelle en ancienne porcelaine à la Reine décor. à semis de fleurs et guirlandes.

105 — Tasse et sa soucoupe en porcelaine de Saxe décor à réserves de paysages.

106 — Trois figurines de Chelsea : *Enfants tenant des corbeilles de fleurs.*

107 — Statuette en porcelaine de Saxe : *La Bouquetière.*

108 — Groupe en porcelaine de Saxe : *Personnage présentant un miroir à une jeune femme.*

109 — Deux divinités sur fleur de lotus en blanc de Chine.

110 — Quatre figurines ancienne faïence d'Hochst : *Les Cris de Paris.*

111 — Deux tasses et leurs soucoupes en porcelaine bleue turquoise de Sèvres, à réserves de personnages, incrustées d'argent.

112 — Statuette porcelaine de Saxe : *Jupiter.*

113 — Petite boîte à musique en écaille, couvercle orné d'un émail.

114 — Cinq pièces en argent : Deux flacons à odeur, lorgnette, pelote à épingles et lorgnettes.

115 — Huit boucles et plaques en strass.

116 — Bracelet oriental en argent garni turquoises et épingle de coiffure en argent.

117 — Deux salières forme boîtes à sel en argent et argent émaillé. Travail russe.

118 — Poignard Japonais en os sculpté.

119 — Petit éléphant en ivoire et petite mandoline en écaille.

120 — Bonbonnière forme cœur en porcelaine d'Allemagne.

121 — Fixé rond représentant Lamartine.

122 — Miniature portrait d'homme 1830.

123 — Petite gravure ancienne : *Pâtre et Bergère.*

TABLEAUX

AQUARELLES DESSINS

ADAM (Emile)

124 — *Repos après la cueillette des fleurs.*

Aquarelle.
Signée à gauche.

BALLUE (Pierre)

125 — *Paysage, le Petit Ruisseau.*

Signé à droite.

BARRY

126 — *Passage d'un fleuve en Orient.*

Signé à droite.

BERAUD (Jean)

127 — *Parisienne en promenade.*

Peinture sur fond d'or.
Signée à droite.

BERAUD (Jean)

128 — *Bouquet de fleurs dans un vase.*

Signé à gauche.

BERAUD

129 — *Pêcheuse Napolitaine.*

Signé à droite et daté 1879.

BERGÈS (C.)

130 — *Cavalier aans les pampas.*

Signé à droite.

BOTREHORMS

131 — *Taureau et chiens.*

Signée et daté 1694.

BILLY (Emily de)

132 — *Portrait de femme dans un médaillon.*

Aquarelle.
Signée à droite.

BOGOLONBOW

133 — *Le Grand Canal à Venise.*

BOUCHER

134 — *Tête de jeune femme tournée vers la gauche.*

Dessin.
Signée à droite.

BOUCHER (d'après)

135 — *Le Triomphe d'Amphitrite*, peinture sur porcelaine.

CHARTRAN

136 — *Portrait de Meilhac.*

Dessin au crayon.
Signé à droite.

CLAIRIN

137 — *Pierrot.*

Peinture sur peau de tambourin.

DE CONDAMY

138 — *Un laisser-courre en 1879.*

Belle aquarelle en forme d'éventail.
Signée à droite.

DAUBIGNY ?

139 — *Maison de Campagne.*

DETAILLE (d'après Edouard)

140 — *Chasseur à cheval.*

Fac similé.

DEVERIA

141 — *Jeune femme de l'époque.*

Sépia.

DORÉ (Gustave)

142 — *Cerfs dans la vallée.*

Aquarelle.

Signée à gauche et datée 1873.

DUEZ (E.)

143 — *Jeune femme au bord de la mer.*

Signé à droite.

DUPRAY (H.)

144 — *Le Garde Municipal.*

Signé à gauche.

DURIEUX

145 — *Le Polichinelle.*

Dessin au crayon.

Signé avec dédicace.

ECOLE MODERNE

146 — *Portrait d'une parisienne en paysanne.*

Fusain.

ECOLE MODERNE

147 — *Les Baigneuses.*

Petite peinture sur porcelaine.

F. G.

148 — *Jeune femme à l'ombrelle.*

Signé à droite.

FEYEN-PERRIN

149 — *Portrait de femme.*

Signé à gauche et daté 1879.

GIRARDET (Léon)

150 — *Le Conspirateur.*

Aquarelle.
Signée à droite.

GREUZE (Ecole de)

151 — *Jeune fille coiffée d'un bonnet enrubanné.*

GRUN

152 — *Scène intime.*

Dessin.
Signé à droite.

HAMMAN (Ed.)

153 — *Baigneuses à marée basse.*

Signé à droite.

HAMMAN FILS

154 — *Vaches au repos.*

Peinture sur pichet en terre cuite.
Signée.

HENNER

155 — *La Baigneuse.*

Beau dessin.
Signé à droite.

HENRIOT

156 — *Coquelicots dans un pichet d'étain.*

HERRMANN (Léo)

157 — *L'Incroyable.*

Dessin à la plume.
Signé à droite.

KNYDISKY

158 — *Cosaque.*

Signé à droite et daté 1881.

LENFANT DE METZ

159 — *Les joyeux bambins.*

Signé à droite.

LENFANT DE METZ

160 — *Retour de moisson.*

Signé à droite.

LEPIC

161 — *Pêcheurs à marée basse.*

Signé à droite.

MEISSONIER (E.)

162 — *Général du Ier Empire.*

Dessin au crayon.

Signé à gauche du monogramme.

MINATON (Euphémie)

163 — *Pêches et Camélia.*

Signé à gauche.

NOCQ (Henry)

164 — *Souvenir de Granville.*

Aquarelle.

Signée avec dédicace.

PETIT-GÉRARD

165 — *Fantassin joueur de boules.*

Peinture sur tambourin.

ROBERT (Louis)

166 — *Portrait de jeune femme assise.*

Signé à gauche.

ROBERT (Paul)

167 — *Portrait de femme en juge.*

Signé en haut à gauche.

TARAVAL

168 — *Flore et l'Amour.*

TROUILLEBERT

169 — *Maisons au bord d'une rivière.*

WOUTERMAERTENS

170 — *Jeune bergère gardant son troupeau de moutons.*

OBJETS D'ART

171 — Groupe en marbre : *Jeune femme et l'Amour* de A. CARRIER-BELLEUSE; socle en marbre de couleur garni de bronzes.

172 — Statuette en marbre blanc : *Baigneuse assise sur un tertre.* Signée : M. de VASSELOT.

173 — Paire de lampes en bronze doré, décor en relief aux vestales, anses à cornes de béliers, de la maison BARBEDIENNE.

174 — Deux petits bustes en bronze : *Cléopâtre et République* en bronze, signés CLÉSINGER, édition de BARBEDIENNE, socles en marbre rouge.

175 — Statuette en terre cuite : *Innocence*, de MATHURIN MOREAU.

176 — Groupe en bronze patine de Florence : *Persée et Andromède* sur socle à figurines de dieux et de déesses dans des niches.

177 — Paire de candélabres formés de lions héraldiques en faïence décorée dans le goût japonais portant des branches en cuivre à sept lumières.

178 — Statuette en bronze : *Le Dernier des Mohicans*, signé : N. PLAZA.

179 — Lanterne d'antichambre forme boule, monture en bronze doré. Style Louis XV.

180 — Pendule forme éléphant portant une pagode en porcelaine, décor imitant le cloisonné, monture en bronze fumé dans le goût chinois.

181 — Coupe en écaille laquée d'or. Travail du Japon.

182 — Coffret en fer découpé et repoussé, XVIIe siècle.

183 — Statuette de petit pêcheur en porcelaine de Saxe.

184 — Tasse et sa soucoupe en ancienne porcelaine de Chine décor européen représentant : *Leda et le Cygne.*

185 — Deux tasses en porcelaine de Chine et de Paris.

186 — Bonbonnière ovale, couvercle offrant : *Une Muse et deux enfants.*

187 — Deux potiches en faience de CASTEL DURANTE décor à bustes de personnages et feuillages.

188 — Deux fraisiers avec leurs plats en ancienne porcelaine de l'Inde décor à bouquets de fleurs détachés.

189 — Deux bouteilles en émail cloisonné de la Chine décor paysages avec fleurs en couleur sur fond bleu turquoise.

190 — Paire de vases en porcelaine cloisonnée du Japon, décor à fleurs et volatiles.

191 — Jardinière en porcelaine de Chine décor à personnages bordure à lambrequins.

192 — Vase en ancienne faïence de Talevara décor aux guerriers, socle en bois sculpté.

193 — Vasque sur pied en céramique bleue, décor dans le goût chinois.

194 — Magot en ancienne porcelaine de Chine, décor en polychrome.

195 — Lampe formée d'un vase en porcelaine de Chine fond vert mousse, monture en bronze fumé.

196 — Galerie de foyer en bronze, petites faunes au milieu de rocailles. Style Louis XV.

197 — Groupe en bronze : l'*Aurore*, de Moreau.

198 — Lustre à neuf lumières en bronze ciselé modèle au carquois suspendu par des rubans à un aigle. Style Louis XVI.

199 — Paire de flambeaux en bronze ciselé et doré. Style Louis XVI.

200 — Paire d'appliques en bronze doré et peint, décorées de lions héraldiques.

201 — Jardinière en onyx monture en bronze cloisonné et bronze doré. Style Louis XVI.

202 — Paire de potiches en ancienne porcelaine du Japon décor en parties laqué noir, rouge et or, couvercles surmontés de figurines.

203 — Paire de lampes formées de vases en ancien émail cloisonné de Chine, décor aux Cerfs.

204 — Panneau en bois des Iles incrusté de nacre, décor à volatiles au milieu de branchages fleuris.

205 — Bas-relief en ivoire : *Les Mendiants.*

206 — Onglier en ivoire et acier.

MOBILIER

207 — Ameublement de chambre à coucher en bois sculpté et peint, décor vernis Martin, à sujets d'après Boucher, travail de style Louis XV, composé d'un lit de milieu d'un bahut, à deux corps de forme ventrue, d'une table de nuit à dessus de marbre et d'une table de chêne à étagère.

208 — Ameublement de salle à manger en noyer sculpté, composé d'un buffet formant vitrine dans le haut avec étagères sur les côtés, d'une table à coins arrondis, de huit chaises et deux fauteuils couverts en tapisserie au point et au petit point à animaux et volatiles. Style Renaissance.

209-210 — Deux meubles à deux corps en bois sculpté ouvrant à quatre portes décorées de têtes d'hommes, de rosaces et d'ornements. Style Renaissance.

211 — Ameublement de cabinet de toilette en bois laqué et peint de style oriental composé d'une armoire à trois portes ornées de glaces, d'une toilette à dessus de marbre blanc, surmontée d'une glace, d'une table coiffeuse, formant

bureau, d'une psyché, d'un fauteuil et d'une chaise couverts en tapisserie au point.

212 — Piano droit d'Erard en palissandre gravé et noirci.

213 — Quatre vantaux de portes ornés de croisillons sur fond de glace. Style Louis XV.

214 — Table en noyer sculpté, piètement à colonnettes, ouvrant à deux tiroirs. Style Renaissance.

215 — Table à jeu en acajou, garni de cuivres, pieds cannelés, dessus drap vert. Style Louis XVI.

216 — Modèle de petit bureau en marqueterie de bois à filets noir, le bas formant commode et bureau ouvrant à rabat, le bas orné d'une glace. Epoque Louis XVI.

217 — Deux petits meubles crédences en noyer finement sculpté, montants à lions debout, tenant des étendards. Style Renaissance.

218 — Table desserte à crémaillère en argent uni.

219 — Petit canapé à deux places en bois sculpté et doré à perles et feuilles d'acanthe couvert et gainé en ancienne soierie fond crème, rayée et brochée à fleurs. Style Louis XVI.

220 — Deux bergères en bois sculpté et doré à nœuds de rubans, couvertes en tapisserie, dossiers à petits personnages, coussins représentant des animaux. Style Louis XVI.

221 — Deux fauteuils en bois sculpté et doré à rais de cœur couverts en tapisserie, dossiers à petits personnages, sièges représentant des animaux. Style Louis XVI.

222 — Deux tabourets de pied, en bois sculpté et doré, couverts en ancienne tapisserie à fleurs et feuillages.

223 — Fauteuil en bois sculpté et doré à carquois, rubans enroulés et colombes, dossiers forme médaillon et siège couverts en ancien brocart de soie fond crème à fleurs. Style Louis XVI.

224 — Vitrine en bois sculpté et doré, dessin à rocailles feuillagées et fleuries. Style Louis XV.

225 — Table en bronze ciselé et doré à rocailles, pieds à croisillons dessus en onyx. Style Louis XV.

226 — Petite table en acajou garni de perles et d'une galerie ajourée en cuivre, dessus en marbre.

227 — Deux glaces biseautées avec cadre en bois sculpté et doré Louis XIV.

228 — Tabouret de piano forme X en noyer sculpté à têtes de lions, couvert en tapisserie au point.

229 — Deux chaises en bois sculpté et doré dessin à attributs, guirlandes, vases et ornements, couvertes en soierie brochée. Style Louis XVI.

230 — Table à ouvrage en vernis Martin fond d'or, décor à personnages.

231 — Chaise longue en trois parties en bois sculpté et doré couverte en soierie armurée, crème brodée de fleurs. Style Louis XV.

232 — Table console en acajou, bandeau garni de bronzes à thyrses de laurier, dessus en marbre brèche d'ALEP. Style Louis XVI.

233 — Deux petites tables support en noyer sculpté à filets doubles.

234 — Deux colonnes en marbre rouge, bases et plinthes en marbre noir.

235 — Paravent triptyque en bois sculpté et doré, panneau en tapisserie de soie au point et au petit point décor à personnages. Style Louis XV.

236 — Table gigogne décor en Vernis Martin fond d'or à sujets, d'après BOUCHER.

237 — Table gigogne en noyer.

238 — Deux tables supports en velours de lin rouge.

239 — Deux colonnes recouvertes d'étoffe de soie rose.

240 — Gaîne support en velours de lin bleu drapée de soierie ancienne.

241 — Tabouret en bois sculpté incrusté d'or. Travail oriental.

242 — Deux chaises en bois sculpté et doré dossiers forme lyres. Style Louis XVI.

243 — Lampe de parquet en cuivre jaune.

TAPISSERIES

TAPIS, TENTURES

244 — Deux belles tapisseries d'Aubusson du temps de Louis XVI représentant dans de riants paysages sous des draperies roses enguirlandées de fleurs, de charmantes compositions à scènes champêtres d'après BOUCHER.

245 — Deux panneaux en ancienne tapisserie d'Aubusson, représentant des animaux dans des paysages fleuries, d'après OUDRY. XVIIIe siècle.

246 — Panneau en tapisserie ancienne verdure animaux et oiseaux avec bordure fleurs et ornements décoratifs. XVIIIe siècle.

247 — Tapisserie des Flandres représentant : *Une scène de l'Enfant Prodigue*, avec bordure sur trois côtés à fruits et ornements.

248 — Portière en ancienne tapisserie de Bruges représentant : *Une scène allégorique à nombreux petits personnages*, bordure dans le bas. XVIIIe siècle.

249 — Tapis de table en ancienne tapisserie du temps de Louis XIV, représentant au milieu un aigle aux aîles déployées dans les nuages et tout autour formant bordure une guirlande de fruits et de feuillages ; bordé d'une frange, pompon assortie.

250 — Décoration de croisée : deux pentes et un bandeau en tapisserie au point à volatiles dans des paysages.

251 — Deux portières en velours rouge ornées d'applications et garnies de franges assorties.

252 — Décor de chambre à coucher en satin vert brodé.

253 — Deux portières en soierie armurée rose.

254 — Quatre décors de portes en velours brodé de soie à fleurs.

255 — Encadrement de cheminée en applications de broderies de soie sur fond damas crème.

256 — Dessus de piano en ancien point de Hongrie décor à branchages fleuris.

257 — Tapis long d'Orient.

258 — Tapis moquette.

259 — Tapis turcoman encadré.

FOURRURES, DENTELLES

260 — Collet en Breitschwantz.

261 — Manchon en zibeline.

262 — Manchon en renard.

263 — Manchon en renard bleu.

264 — Peignoir doublé de mongolie blanche.

265 — Manteau drap noir doublé chinchilla, col martre.

266 — Etole en zibeline.

267 — Courte pointe en Bruges.

268 — Deux voiles en tulle point d'esprit garni d'application.

269 — Quatre mouchoirs garnis de dentelles.

270 — Objets omis.

www.ingramcontent.com/pod-product-compliance
Ingram Content Group UK Ltd.
Pitfield, Milton Keynes, MK11 3LW, UK
UKHW021912290826
14628UKWH00020B/2596

9 782329 450193